FICHE DE LECTURE

DOCUMENT RÉDIGÉ PAR NATACHA CERF
MAITRE EN PHILOSOPHIE
(UNIVERSITÉ LIBRE DE BRUXELLES)

Indiana

GEORGE SAND

lePetitLittéraire.fr

RÉSUMÉ 6

ÉTUDE DES PERSONNAGES 12

Indiana

Le colonel Delmare

Raymon de Ramière

Sir Ralph Brown

CLÉS DE LECTURE 16

La femme victimisée

La dialectique bourreau/victime

Le fantasme du viol

Le fantasme du suicide

L'identité féminine

Rhétorique et romantisme

L'impossibilité du romanesque

Un style critiqué

PISTES DE RÉFLEXION 22

POUR ALLER PLUS LOIN 23

George Sand
Romancière française

- **Née en 1804 à Paris**
- **Décédée en 1876 à Nohant**
- **Quelques-unes de ses œuvres :**
  Indiana (1832), roman
  La Mare au diable (1846), roman
  La Petite Fadette (1849), roman

George Sand, de son véritable nom Aurore Dupin, est née en 1804 et est décédée en 1876. Élevée par sa grand-mère à Nohant (Indre), elle porte un grand attachement à cette région, qui sert souvent de cadre à ses romans. Elle épouse Casimir Dudevant en 1822, mais se sépare rapidement de lui pour mener une existence indépendante. De nombreux hommes et quelques femmes célèbres parsèment sa vie sentimentale : Prosper Mérimée (écrivain français, 1803-1870), Alfred de Musset (écrivain français, 1810-1857), Frédéric Chopin (pianiste et compositeur polonais, 1810-1849), Marie Dorval (comédienne française, 1798-1849), etc.

Quant à sa production littéraire, elle est abondante et variée : romans, nouvelles, contes, pièces de théâtre, autobiographie, critiques littéraires, ainsi que quelques essais politiques. Dans ses romans, elle se veut le porte-drapeau de la libération de la femme, et lutte pour un monde sans classes ni conflits. Ses œuvres les plus connues sont *Indiana* (1832), *La Mare au diable* (1846) et *La Petite Fadette* (1849).

Indiana
L'existence de la femme dévalorisée par la société

- **Genre :** roman
- **Édition de référence :** *Indiana*, Paris, Gallimard, coll. « Folio classique », 1984, 416 p.
- **1re édition :** 1832
- **Thématiques :** mariage, condition féminine, ennui, adultère, honneur, séduction, déchéance

Premier roman que l'écrivaine signe sous le nom de George Sand, *Indiana* (1832) est un immense succès.

Indiana est une jeune Créole issue d'une famille noble. Elle épouse par devoir le colonel Delmare, un homme âgé et brutal. Ses jours s'écoulent, tristes et semblables, dans leur propriété du Lagny. Elle vit également aux côtés de Noun, sa femme de chambre et seule amie, et de son cousin Ralph, un homme rendu taiseux par des malheurs précoces. Un jour, Indiana fait la rencontre de Raymon de Ramière, un jeune noble volage et séducteur qu'elle pense être son sauveur mais qui la perdra.

RÉSUMÉ

PREMIÈRE PARTIE

Chapitres 1-3

Le colonel Delmare, officier en retraite et époux d'Indiana, une jeune femme triste à mourir, fait feu sur un homme qui se trouve dans son parc et qu'il prend pour un brigand. Mais il s'agit d'un jeune noble venu pour voir sa maitresse, Noun, femme de chambre et sœur de lait d'Indiana. $\mathrm{M^{me}}$ Delmare le soigne.

Chapitres 4-6

Raymon de Ramière finit par se lasser de son aventure avec Noun. Élevé en bourgeois, il ne peut se satisfaire de son statut de femme de chambre : il décide de la quitter.

Lorsque le jeune noble revoit Indiana à une soirée mondaine, il s'éprend instantanément de sa candeur. Quant à la jeune femme, elle voit en lui un sauveur dont l'ardente jeunesse va la libérer de la tristesse et du malheur de sa vie sans amour. Ils s'avouent leurs sentiments.

Chapitres 7-8

Raymon accepte un rendez-vous avec Noun, décidé à tout lui dire. Mais la femme de chambre, enceinte de lui, fait prendre à leur entrevue des airs romantiques : elle a décoré la chambre d'Indiana de pétales et lui fait boire des vins délicats. Le jeune homme, enivré par les lieux qui respirent la beauté d'Indiana, finit par céder à Noun tout en se croyant dans les bras de la noble Mme Delmare. Le lendemain, sorti de son délire, Raymon cherche à partir, mais Noun l'en empêche.

Noun et Raymon sont alors surpris par les pas d'Indiana dans l'entrée : il se cache précipitamment derrière les rideaux, mais il est tout de même découvert. Indiana pense qu'il a voulu s'introduire dans son lit pour la compromettre. Elle le réprimande ouvertement devant Noun qui comprend que son amant est amoureux de sa maitresse. Le soir, Noun se jette dans la rivière.

DEUXIÈME ET TROISIÈME PARTIES

Chapitres 9-16

M. de Ramière cherche à se lier d'amitié avec le mari d'Indiana pour se rapprocher d'elle. Son entreprise réussit et ses visites finissent par porter leurs fruits : Indiana lui pardonne. Raymon passe énormément de temps auprès d'elle, de M. Delmare et de Sir Ralph, le cousin de la jeune femme.

Ralph et Raymon se détestent ouvertement. Ce dernier ne manque pas d'afficher sa supériorité sur Ralph, qu'il juge, comme tout le monde, maladroit, rigide et incapable de développer une pensée.

Sir Ralph a quant à lui compris que Raymon était l'amant d'Indiana et met celle-ci en garde en lui racontant les causes réelles de la mort de Noun.

Chapitres 17-19

Apprenant que Noun était la maitresse de Raymon, Indiana demande à son amant de l'aimer mieux que Noun, à savoir sans amour physique. Cette volonté de chasteté froisse l'amour-propre de Raymon : il n'aime plus Indiana et veut se venger de l'affront qu'elle lui fait en la soumettant.

M. Delmare est totalement ruiné. Sa propriété du Lagny et la fabrique sont vendues. Sa femme et lui doivent rejoindre l'ile Bourbon pour refaire fortune dans les colonies.

Chapitres 20-24

Désespérée par les absences de Raymon et par l'attitude distante qu'il a depuis quelque temps envers elle, Indiana décide de se rendre chez son amant. La découvrant dans sa chambre, le jeune homme décide de jouer ses dernières cartes pour la séduire, mais finit par s'impatienter devant l'entêtement d'Indiana qui refuse toujours de s'offrir à lui. Elle comprend qu'il ne l'aime plus et rentre chez elle dans la brume. En longeant la rivière, elle pense à Noun. Sir Ralph la retrouve, à deux doigts de s'infliger le même sort que sa femme de chambre.

Indiana décide de suivre son mari sur l'ile Bourbon, par devoir. Ralph les accompagne.

QUATRIÈME PARTIE

Chapitres 25-26

La mère de Raymon décède en lui conseillant d'épouser Indiana, qu'elle juge digne de son fils et capable de le rendre heureux. Raymon souffre et se lamente, mais il décide de suivre le conseil de sa mère et de repartir à la conquête d'Indiana pour servir ses intérêts.

De son côté, M. Delmare découvre des lettres écrites par Indiana pour Raymon. Il en devient fou de rage et assène un coup de botte sur le front de sa femme. Dès lors, elle le hait encore davantage et les tentatives de son époux pour se faire pardonner sa brutalité la dégoutent. La lettre qu'elle reçoit de Raymon la décide à partir.

Chapitre 27

Le voyage d'Indiana est cauchemardesque et déshonorant. Elle parvient néanmoins à braver les dangers, la peur, le mal de la navigation et surtout les humiliations du personnel de bord. Son courage lui vient de Raymon. Pour lui, elle laisse son vieux mari mourir seul sans ses bons soins et abandonne Sir Ralph qui n'a qu'elle au monde.

Entretemps, Raymon ne pense déjà plus à elle. Il a jeté son dévolu sur Laure Lagny. Un tel mariage lui parait tout à fait intéressant pour sa fortune.

En arrivant à Bordeaux, Indiana découvre que la royauté est tombée. Elle craint pour Raymon, qui est proche de la famille royale, et en tombe évanouie. Plusieurs jours après, elle se réveille affaiblie, démunie et sans argent.

Chapitre 28

Elle se précipite au Lagny. En y trouvant Raymon, elle pense qu'il a racheté la propriété pour elle. Ivre de bonheur, elle se jette sur ses genoux, mais ses illusions se brisent quand Laure, dorénavant son épouse, entre dans la pièce.

Chapitre 29

M. Delmare est mort sans apprendre la fuite de sa femme. Sir Ralph se met à la recherche d'Indiana et la retrouve en piteux état dans un hôtel garni à Paris. Pendant plusieurs semaines, il tente de l'égayer et de la distraire. Constatant que son mal est inguérissable, il lui propose de se suicider ensemble. Ils retourneront à l'ile Bourbon et se jetteront du haut du ravin de Bernica, détenteur de tous leurs souvenirs d'enfance. Pendant le voyage en bateau, la certitude d'en avoir bientôt fini avec les maux de la vie transforme les deux jeunes gens. Indiana oublie son passé et retrouve la sérénité. Il en va de même pour Ralph qui quitte sa roideur et embrasse la candeur. Indiana découvre enfin la vraie personnalité de son cousin, dont elle ignorait jusqu'alors les vertus.

Chapitre 30

Les parents de Ralph lui manifestaient un désintérêt profond, lui préférant ouvertement son frère, et il avait appris à vivre seul, rejeté par tous. Incapable d'afficher ses émotions et d'exprimer ses pensées, il passait pour un homme médiocre, égoïste et insensible. Le rejet lui avait fait perdre toute confiance en lui. Les malheurs l'avaient en outre accablé tout au long de sa vie : il avait été forcé d'épouser une femme qui le haïssait – ce qui n'avait fait qu'alourdir la somme de ses douleurs et le sentiment de n'inspirer que le mépris – et son fils était mort. Mais sur les bords du lac Bernica, toutes ses chaines s'envolent, le déguisement que lui ont imposé les hommes tombe et il apparait tel qu'il est : vertueux, éloquent, persuasif, sublime et radieux. Il confesse à Indiana qu'il l'aime depuis des temps immémoriaux. C'est la seule qui ne s'est pas éloignée de lui malgré le rôle qu'il s'obligeait à jouer pour pouvoir rester auprès d'elle sans éveiller les soupçons de son mari : un rôle d'homme égoïste, sec, sans voix et sans intelligence.

Conclusion

Indiana et Ralph Brown vivent des jours heureux et paisibles. Ils ont coupé tout lien avec les hommes et la société qui les ont tant fait souffrir.

ÉTUDE DES PERSONNAGES

INDIANA

Personnage principal du roman, elle est ignorante et sans opinion politique. Ses connaissances se bornent à l'histoire abrégée du monde. Toute discussion plus profonde l'accable d'ennui. Mais son indifférence et sa passivité lui sont imposées par sa condition sexuelle. Elle a été éduquée comme toutes les jeunes filles de son époque : avec la condescendance dont on écrasait les femmes. De plus, sa situation est aggravée par son origine géographique qui l'a privée d'une éducation sociale. Née sur une ile, c'est une femme de nulle part, elle n'appartient pas à la société française. Il ne lui reste donc que la culture livresque destinée aux jeunes filles et aux femmes de chambre de l'époque : des fictions puériles et impossibles qui la rendent romanesque et passionnée.

Ainsi, si Indiana sait tout de même faire preuve de bon sens et d'humanité dans les discussions sérieuses, son insuffisance intellectuelle la rend infiniment susceptible d'être oppressée et dupée. Fille d'un soudard qui a eu assez peu de cœur pour la marier à Delmare, elle n'existe pas par elle-même : elle n'est que femme, créole, épouse et maitresse. Dans son mariage, Indiana ne jouit d'aucune liberté : elle ne peut ni agir ni penser. Cet esclavage s'avère être pire encore avec Raymon. Et quand elle est sans mari et sans amant, comme lors de l'épisode à Bordeaux où elle se retrouve sans argent, sans papiersation l'a inscrite dans ses registres sous la désignation d'inconnue. Indiana, avide de passer de Delmare à Ramière, qui l'humilie sans cesse, est en réalité désireuse de passer d'un esclavage à un autre. Son énergie pendant tout le roman lui vient non pas de l'envie de conquérir sa liberté, mais de sa passion pour Raymon.

LE COLONEL DELMARE

Ancien officier de l'armée impériale, M. Delmare est bien plus âgé que son épouse. C'est un soldat parvenu issu d'une famille pauvre et sans renommée dont il semble avoir honte. Il a connu le père d'Indiana dans les colonies françaises où il était parti se réfugier. Bonapartiste (partisan du gouvernement des Bonaparte) convaincu, il est doté d'une grande sincérité politique : il défend l'empereur contre ses ennemis envers et contre tout. Cette caractéristique signale chez lui une incapacité à suivre les évolutions et les leçons de l'histoire. Au fond, c'est un homme opiniâtre, sans esprit et sans éducation, figé dans son passé de soldat, un homme naïf et manipulable qui n'a aucune conscience politique. Cependant, il se montre extrêmement habile et énergique dans les affaires. Son usine fonctionne particulièrement bien et Delmare sait affronter les revers de fortune. Avec son épouse, il est plus dur que cruel.

RAYMON DE RAMIÈRE

Beau et très parisien, il est issu d'une grande famille. Raymon adhère au légitimisme, un mouvement politique français favorable au rétablissement de la royauté, et est partisan de la charte de Louis XVIII établissant une monarchie de droit divin édulcorée. Cette adhésion à la charte est symptomatique de ceux qui n'ont pas d'idées pour l'avenir puisqu'il ne s'agit que d'un texte sur lequel on peut gloser à l'infini sans que cela ne porte à conséquence. Elle annonce ce qu'il faut prudemment éviter et non ce à quoi il faut parvenir. Son succès vient de ce qu'elle est malléable à merci. Ainsi, M. de Ramière excelle en variations rhétoriques pour dissimuler la vacuité de son être. Sa superbe éloquence le rend capable de dire tout et son contraire. Mais au moment où la politique se retourne contre lui, Raymon l'oublie, et se décide à une petite existence bourgeoise et douillette. Il est superficiel et insignifiant, sans sincérité ni profondeur, opportuniste, immature et infantile. Ce paon sans âme et sans destin n'est capable ni de vivre ni de devenir quoi que ce soit puisqu'il n'a jamais rien été.

SIR RALPH BROWN

Antithèse de Raymon de Ramière, il est le cousin puis le compagnon d'Indiana. C'est un homme sans éloquence que tout le monde prend pour un égoïste. Ralph est un républicain (partisan de la république) intransigeant. Il rêve d'une nouvelle race d'hommes parmi laquelle il n'y aurait plus ni abus, ni préjugés, ni injustices. Il est du côté des révolutionnaires. Des trois hommes du roman, il représente la promesse de l'avenir alors que Delmare stagne dans un passé oublié et que Raymon défend un impossible présent. C'est la vérité et la liberté qu'il veut voir au pouvoir. Son militantisme sincère est âpre et son intraitabilité menaçante (« Sa franchise était si raboteuse, sa logique si aride, ses principes si absolus ! Il ne ménageait personne, il n'adoucissait aucune vérité », p. 167) ; c'est pourquoi l'éloquence de Raymon séduit davantage. Cet homme de construction finit pourtant sa vie sur une ile de l'océan Indien dans la solitude la plus complète, synonyme de renoncement. Sa vie avant son union avec Indiana n'a été que souffrance, rejet et douleur. Ce n'est qu'au bord du lac Bernica, au bord du suicide et à l'instant de l'aveu de son amour pour Indiana qu'il apparait tel qu'il est vraiment, à savoir un homme vertueux, grand, beau et puissant.

CLÉS DE LECTURE

LA FEMME VICTIMISÉE

> « La femme est imbécile par nature ; il semble que, pour contrebalancer l'éminente supériorité que ses délicates perceptions lui donnent sur nous, le ciel ait mis à dessein dans son cœur une vanité aveugle, une idiote crédulité. (p. 251)

La femme est dépeinte avec condescendance et perçue comme légère. Le narrateur se montre très dur avec Indiana : il pense qu'elle est une imbécile, à savoir faible de nature et sans caractère.

La dialectique bourreau/victime

Indiana est toujours une victime plus ou moins consentante. On la présente comme faite pour obéir à l'instar de toutes celles de son sexe. S'obstinant dans l'échec, elle passe de bourreau en bourreau. Élevée par un père violent, elle se soumet ensuite à un mari de quarante ans plus âgé qu'elle, ce qui la jette dans une mélancolie profonde. Indiana mène une existence passive. Elle est obligée, dans une résignation sourde et rancunière, d'aimer un mari qu'elle n'a pas choisi. Sa relation de couple repose sur une dialectique bourreau/victime qui, comme toute dialectique, se renverse. M. Delmare fait autant son malheur qu'elle le sien : il n'est pas dupe de l'aversion muette qu'elle éprouve pour lui. La jeune femme déconsidère totalement et parfois injustement ce mari qu'elle ne cherche jamais à rendre meilleur.

Cependant, Indiana est battue par lui et les coups qu'elle reçoit légitiment la haine qu'elle éprouve à son encontre. Cela lui donne de plus le droit moral de le tromper. Par ailleurs, elle refuse de cacher ses blessures pour exposer la honte et le déshonneur de son époux, ce qui est une forme de révolte passive, une revendication féministe.

Le fantasme du viol

L'important pour Raymon était de passer une nuit dans la chambre d'Indiana, même en son absence, par satisfaction personnelle, pour ne pas passer pour un sot à ses propres yeux, et pour exciter la colère et la jalousie de Sir Ralph. Mais quand Indiana se rend chez lui, dans sa chambre et jusque dans son lit, tout en s'entêtant toujours dans la chasteté, Raymon perd sa patience et sa vertu. Le viol est alors évoqué dans la scène. La maitresse de Raymon fait preuve d'ambivalence à son égard : elle ne cesse de susciter ou d'appeler le viol qu'elle abhorre pourtant. Ses gestes sont ambigus et ses paroles provocatrices. Plus tôt, lorsqu'elle trouve Raymon caché derrière le rideau dans sa chambre alors qu'il n'était pas venu dans une intention déshonorante, elle pense à un projet sexuel : « Vous voulez surprendre [m]on sommeil et hâter votre succès par je ne sais quelle infamie ! » (p. 115) Dans un autre épisode, alors que Raymon se fait plus pressant dans son envie, elle court à l'autre bout de la chambre où est suspendu le tableau de Sir Ralph et se serre contre lui, comme l'implorant. Cette attitude ne peut avoir d'autre effet que de susciter la jalousie violente de Raymon et son envie de prendre une revanche symbolique sur son rival. Indiana est donc provocante envers le sexe opposé, mais elle ne l'assume pas, mettant tout sur le dos de la brutalité du désir masculin. Sa chasteté demeure cependant malgré les outrages et les dégradations qui la mettent à mal : alors qu'elle cherche à monter à bord de l'*Eugène* pour pouvoir rejoindre Raymon, le capitaine Ramdom ne renonce à être payé en nature qu'à la vue de la cicatrice d'Indiana au front qui apaise son désir de brute. À bord, les marins l'insultent cruellement et la plaisantent à grand renfort de grivoiseries et de doutes lascifs. Enfin arrivée, elle est obligée de se livrer à la mendicité et ses dangers.

Le fantasme du suicide

Le fantasme de viol est complémentaire de l'idée du suicide par noyade. Depuis la mort volontaire de Noun, Indiana y pense souvent. Tout comme le viol, elle l'envisage comme un mélange entre passivité et choix. Le suicide est passif en ce qu'il est un renoncement et une fuite, mais il demeure un refus affirmé. Pourtant, dans sa chambre d'hôtel à Paris, après avoir découvert le mariage de Raymon, Indiana refuse de poser cet acte de suicide et s'avère encore plus passive en se laissant mourir. La proposition que lui fait Sir Ralph à la fin du roman est la conclusion attendue de son destin de victime.

L'identité féminine

L'identité féminine se forge par le regard masculin posé sur elle, ce qui fait souvent que la femme n'en veut plus une autre. Indiana dit à Raymon qui la veut souffrante et soumise :

> « C'est moi, c'est ton Indiana, c'est ton esclave [...] qui est venue de trois mille lieues pour t'aimer et te servir [...]. Dispose de moi, de mon sang, de ma vie ; je suis à toi corps et âme [...] ; prends-moi, je suis ton bien, tu es mon maître. (p. 296-297)

La volonté d'Indiana est de changer de maitre, non de s'en passer. La femme est secondaire et ne peut pas vivre sans le regard de l'homme qui l'a fait naitre à l'existence. C'est pourquoi elle est condamnée à ne jamais se mêler des histoires de politique, de pouvoir, de religion et de science. Le sexe dit faible est confiné à l'espace domestique.

Le roman développe toute une imagerie phallocratique d'humiliation et d'oppression.

Rhétorique et romantisme

La maitrise oratoire est un des grands thèmes d'*Indiana*. Elle construit la rivalité entre Ralph et Raymon. Le premier, sincère, a conscience de sa maladresse verbale et de l'expression lourde de sa pensée. Sa réserve britannique s'oppose au brio français de Raymon, qui se révèle pervers. Les femmes sont sensibles à la communication sociale réglée par les codes de l'apparence, d'où le désavantage de Ralph par rapport à la virtuosité discursive de Raymon. Mais l'art déclamatoire de ce dernier n'est qu'artifice et théâtre qui tentent de dissimuler le vide de ses sentiments réels. Il est l'esprit quand Indiana est le cœur, ce dont la jeune femme se rend parfois compte : « Vous avez bien de l'esprit ! » (p. 150), prononce-t-elle avec tristesse. Les finesses de la langue déguisent, dissimulent et effacent au gré des rôles dont elles se chargent. Cette éloquence est odieuse parce qu'elle est un outil d'oppression vis-à-vis des pauvres. C'est une redoutable arme de manipulation.

Cette surévaluation des mots sur les choses a eu, dans l'histoire, la conséquence néfaste de voir pratiquer une politique toute verbale factice et artificieuse. Cette politique rhétorique permet de démontrer tout et son contraire. Elle s'est vue souvent être l'outil de la Terreur (1793-1794) et des dictatures. C'est ce que lui reproche le romantisme (mouvement artistique et littéraire qui a vu le jour à la fin du XVIIIe siècle et qui fait la part belle aux sentiments) qui est pour sa part adepte de l'éloquence sensible, humaine et individuelle. En tant que vraie mesure de la sincérité, elle est toute entière dans l'émotivité et l'improvisation. Le romantisme est passionné quand la rhétorique est issue d'une savante préparation.

Le roman fait le procès d'un logos perverti et l'éloge d'un pathos qui s'assume.

L'impossibilité du romanesque

Le roman n'a pas pour seul dessein de dénoncer l'oppression des femmes dans le mariage. Certes, *Indiana* est l'histoire d'une jeune femme qui cherche à devenir un individu et qui y renonce par manque de liberté, mais l'œuvre critique aussi une certaine forme d'impossibilité du romanesque. En effet, le lecteur aurait tendance à croire la fin heureuse mais elle ne l'est pas : elle est entièrement mélancolique en ce qu'elle annonce un renoncement à la passion, impossible pour Indiana autant avec Ralph qu'avec Raymon. Même le prestige poétique du suicide lui est refusé. Le « bonheur » d'Indiana et de Ralph à la fin de l'histoire ne se situe pas dans la plénitude mais dans l'absence de souffrance. Il est un non-être. C'est un roman de la réalité qui se développe de manière romanesque mais dont la conclusion tue ce romanesque.

Un style critiqué

Le style de George Sand est rattaché à celui de l'atticisme (délicatesse de gout et de langage) stylistique qui se caractérise par la clarté et la spontanéité :

> « J'entends par atticisme une certaine tenue, la justesse de l'ensemble, cet air de facilité sans effort, que donnent la clarté, l'élégance, l'esprit, le naturel, la variété, la correction. En d'autres termes, il s'agit ici du style sans rhétorique. (ALBALAT A., *La Formation du style par l'assimilation des auteurs*, p. 296.)

Cette limpidité d'écriture lui vaut des critiques comme celle de Baudelaire (poète français, 1821-1867) qualifiant son style de « coulant, cher aux bourgeois ». On lui reproche en général le manque de rigueur et de force, qui entraient une écriture efféminée, ainsi que l'absence de saillie, de plasticité et de couleurs. Il n'y a aucune création de mots et pas suffisamment d'originalité. Mais l'écriture est pour la romancière un don et non un travail, les mots coulant de sa plume sans qu'elle n'ait à effectuer de correction ou de travail sur le style. Il y a cependant dans cette fluidité une certaine monotonie.

PISTES DE RÉFLEXION

QUELQUES QUESTIONS POUR APPROFONDIR SA RÉFLEXION…

- Que reproche George Sand à l'institution du mariage ?
- Quel point commun ont l'obsession de l'esclavage et celle de l'eau ?
- Quel regard George Sand pose-t-elle sur la femme dans *Indiana* ?
- Quelle est la position politique de l'auteure déductible de la lecture d'*Indiana ?*
- En quoi Noun se différencie-t-elle d'Indiana ?
- « Indiana est une réflexion sur la place des individus hors histoire. » Commentez.
- Par quel(s) auteur(s) George Sand a-t-elle été influencée ? Relevez des passages d'*Indiana* qui le prouvent.
- Pourquoi le dénouement a-t-il été considéré comme inadéquat par la critique (par Sainte-Beuve notamment) ? Que diriez-vous pour défendre la conclusion du roman ?
- Indiana est un roman blanc et noir en même temps. Êtes-vous d'accord ?

POUR ALLER PLUS LOIN

ÉDITION DE RÉFÉRENCE

- SAND G., *Indiana*, Paris, Gallimard, coll. « Folio classique », 1984.

ÉTUDE DE RÉFÉRENCE

- BORDAS É., Indiana *de George Sand*, Paris, Gallimard, coll. « Foliothèque », 2004.

SUR LEPETITLITTÉRAIRE.FR

- Fiche de lecture sur *La Mare au diable* de George Sand

Retrouvez notre offre complète sur lePetitLittéraire.fr

- des fiches de lectures
- des commentaires littéraires
- des questionnaires de lecture
- des résumés

Anouilh
- Antigone

Austen
- Orgueil et Préjugés

Balzac
- Eugénie Grandet
- Le Père Goriot
- Illusions perdues

Barjavel
- La Nuit des temps

Beaumarchais
- Le Mariage de Figaro

Beckett
- En attendant Godot

Breton
- Nadja

Camus
- La Peste
- Les Justes
- L'Étranger

Carrère
- Limonov

Céline
- Voyage au bout de la nuit

Cervantès
- Don Quichotte de la Manche

Chateaubriand
- Mémoires d'outre-tombe

Choderlos de Laclos
- Les Liaisons dangereuses

Chrétien de Troyes
- Yvain ou le Chevalier au lion

Christie
- Dix Petits Nègres

Claudel
- La Petite Fille de Monsieur Linh
- Le Rapport de Brodeck

Coelho
- L'Alchimiste

Conan Doyle
- Le Chien des Baskerville

Dai Sijie
- Balzac et la Petite Tailleuse chinoise

De Gaulle
- Mémoires de guerre III. Le Salut. 1944-1946

De Vigan
- No et moi

Dicker
- La Vérité sur l'affaire Harry Quebert

Diderot
- Supplément au Voyage de Bougainville

Dumas
- Les Trois Mousquetaires

Énard
- Parlez-leur de batailles, de rois et d'éléphants

Ferrari
- Le Sermon sur la chute de Rome

Flaubert
- Madame Bovary

Frank
- Journal d'Anne Frank

Fred Vargas
- Pars vite et reviens tard

Gary
- La Vie devant soi

Gaudé
- La Mort du roi Tsongor
- Le Soleil des Scorta

Gautier
- La Morte amoureuse
- Le Capitaine Fracasse

Gavalda
- 35 kilos d'espoir

Gide
- Les Faux-Monnayeurs

Giono
- Le Grand Troupeau
- Le Hussard sur le toit

Giraudoux
- La guerre de Troie n'aura pas lieu

Golding
- Sa Majesté des Mouches

Grimbert
- Un secret

Hemingway
- Le Vieil Homme et la Mer

Hessel
- Indignez-vous !

Homère
- L'Odyssée

Hugo
- Le Dernier Jour d'un condamné
- Les Misérables
- Notre-Dame de Paris

Huxley
- Le Meilleur des mondes

Ionesco
- Rhinocéros
- La Cantatrice chauve

Jary
- Ubu roi

Jenni
- L'Art français de la guerre

Joffo
- Un sac de billes

Kafka
- La Métamorphose

Kerouac
- Sur la route

Kessel
- Le Lion

Larsson
- Millenium I. Les hommes qui n'aimaient pas les femmes

Le Clézio
- Mondo

Levi
- Si c'est un homme

Levy
- Et si c'était vrai...

Maalouf
- Léon l'Africain

Malraux
- La Condition humaine

Marivaux
- La Double Inconstance
- Le Jeu de l'amour et du hasard

Martinez
- Du domaine des murmures

Maupassant
- Boule de suif
- Le Horla
- Une vie

Mauriac
- Le Nœud de vipères

Mauriac
- Le Sagouin

Mérimée
- Tamango
- Colomba

Merle
- La mort est mon métier

Molière
- Le Misanthrope
- L'Avare
- Le Bourgeois gentilhomme

Montaigne
- Essais

Morpurgo
- Le Roi Arthur

Musset
- Lorenzaccio

Musso
- Que serais-je sans toi ?

Nothomb
- Stupeur et Tremblements

Orwell
- La Ferme des animaux
- 1984

Pagnol
- La Gloire de mon père

Pancol
- Les Yeux jaunes des crocodiles

Pascal
- Pensées

Pennac
- Au bonheur des ogres

Poe
- La Chute de la maison Usher

Proust
- Du côté de chez Swann

Queneau
- Zazie dans le métro

Quignard
- Tous les matins du monde

Rabelais
- Gargantua

Racine
- Andromaque
- Britannicus
- Phèdre

Rousseau
- Confessions

Rostand
- Cyrano de Bergerac

Rowling
- Harry Potter à l'école des sorciers

Saint-Exupéry
- Le Petit Prince
- Vol de nuit

Sartre
- Huis clos
- La Nausée
- Les Mouches

Schlink
- Le Liseur

Schmitt
- La Part de l'autre
- Oscar et la Dame rose

Sepulveda
- Le Vieux qui lisait des romans d'amour

Shakespeare
- Roméo et Juliette

Simenon
- Le Chien jaune

Steeman
- L'Assassin habite au 21

Steinbeck
- Des souris et des hommes

Stendhal
- Le Rouge et le Noir

Stevenson
- L'Île au trésor

Süskind
- Le Parfum

Tolstoï
- Anna Karénine

Tournier
- Vendredi ou la Vie sauvage

Toussaint
- Fuir

Uhlman
- L'Ami retrouvé

Verne
- Le Tour du monde en 80 jours
- Vingt mille lieues sous les mers
- Voyage au centre de la terre

Vian
- L'Écume des jours

Voltaire
- Candide

Wells
- La Guerre des mondes

Yourcenar
- Mémoires d'Hadrien

Zola
- Au bonheur des dames
- L'Assommoir
- Germinal

Zweig
- Le Joueur d'échecs

Et beaucoup d'autres sur lePetitLittéraire.fr

www.lepetitlitteraire.fr

ISBN version imprimée : 978-2-8062-1094-4
ISBN version numérique : 978-2-8062-1948-0
Dépôt légal : D/2013/12.603/416